PANAMA

Alison Lester

Pferdefreundinnen
Das Zirkuspony

Mit Illustrationen von
Roland Harvey

cbj

cbj ist der Kinder- und Jugendbuchverlag
in der Verlagsgruppe Random House

FSC
Mix
Produktgruppe aus vorbildlich
bewirtschafteten Wäldern und
anderen kontrollierten Herkünften

Zert.-Nr. SGS-COC-1940
www.fsc.org
© 1996 Forest Stewardship Council

Verlagsgruppe Random House FSC-DEU-0100
Das für dieses Buch verwendete FSC-zertifizierte Papier
München Super liefert Mochenwangen.

Gesetzt nach den Regeln der Rechtschreibreform

1. Auflage 2009

Die australische Originalausgabe erschien 2007 unter dem Titel
»Bonnie + Sam – The Circus Pony« bei Allen & Unwin, Crows Nest
Übersetzung: Waltraud Ries
Lektorat: Martina Patzer
Umschlagkonzeption: Network! Werbeagentur GmbH, München
Innentypografie: Anette Beckman
MP · Herstellung: WM
Satz und Reproduktion: Uhl + Massopust, Aalen
Druck: GGP Media GmbH, Pößneck
ISBN 978-3-570-13567-9
Printed in Germany

www.cbj-panama.de

Das ist Currawong, das Zuhause der Pferdefreundinnen

Stromschnellen
Wo Donna das Wildpferd traf
Wildpferde
Donna
Saras Haus
Tor
Polizei-
station
Bisquit
Bäckerei
Wassers
Flut '9
Walter Websters Haus
Horrie
Tricky,
der Schecke
Bugsy
Wo der
Zirkus
gastiert
Hier sind
die Schafe
ausge-
brochen
Ms Kowalskis Haus
Feuer
haus
3 Km
bis zur
Peppermint
Farm

der Ahnungs-
lose Clive
1852
zu
Dajanas Koppel
Teich
Clives
Camp
Mills
wehr
Blondie
und
Tex
Geräte-
schuppen
Schul-
spielplatz
Dottys
Haus
Tarzan
Max und Bella
Weg, den
Tom Morgans
Bulle nahm
Morgans
Bulle

Die Pferde von Currawong

Tricky

… ist ein mittelgroßes, schwarz-weiß geschecktes Pony mit einem stämmigen Körper und kurzen Beinen. Er ist größer als Bella, aber kleiner als Bisquit. Er hat einen kurzen Hals und ein glänzendes Fell.

Tricky kann seinen Besitzer, einen herrischen Jungen namens Michael, nicht leiden. Der mag Tricky auch nicht besonders, denn Trickys Charakter ist ein bisschen wie sein Fell, schwarz-weiß, entweder er ist ganz brav oder ganz und gar widerspenstig. Weil Tricky auch gerne mal ausschlägt, trägt er ein rotes Band in seinem Schweif. Michael, sein Besitzer ist Mitglied im Ponyklub und dort Kapitän der Sportponymannschaft. Tricky ist immer großartig bei irgendwelchen Spielen. Sein letzter Besitzer war Sieger des nationalen Sportponyturniers und Michaels wohlhabende Eltern haben ein Heidengeld für Tricky bezahlt, damit Michael ans Ziel seiner Wünsche kommt. Michael traktiert Tricky, als sei er ein Motorrad, und Tricky hat langsam genug davon. Er hat vor, es Michael heimzuzahlen.

Prinz

… eigentlich »Prinz Horazio« ist ein altes Rennpferd. Er ist schwarz und hat einen gewaltigen Schädel mit einer großen weißen Blesse, ziemlich dünn ist er auch, und egal, was er macht, er nimmt nicht zu. Außerdem hat er jede Menge kleine Wehwehchen. Er ist groß und schlaksig, hat einen breiten Hintern und sein Schweif und seine Mähne sind schütter. Seine Fesseln sind alle vier weiß.

Er ist sehr zerstreut und nervös, sieht immer irgendwelche Schreckgestalten in den Schatten verborgen. Prinz hatte früher ein paar Rennen gewonnen und gehört nun einem alten Mann, der ihn trainiert und zu kleinen lokalen Rennen mitnimmt. Prinz ist immer vorne mit dabei, aber nie unter den Ersten.

Sein Besitzer, Tony Brady, sucht immer wieder neue Tricks aus, um ihn auf die Siegerspur zu bringen. Man kann die beiden fast jeden Tag auf der Sandbahn beim Trainieren beobachten. Manchmal nimmt Tony ihn auch mit an den Strand zum Schwimmen, was jedes Mal eine Tortur für Prinz ist, denn zu Anfang hat er immer eine Heidenangst vor den heranrauschenden Wellen.

Manchmal kommen Sara und Milli vorbei und massieren Prinz ein bisschen – meist schläft er dabei ein.

Bella

… teilt sich die Koppel mit Max. Sie ist ein kleines geschecktes Pony, mit fuchsfarbenen Flecken, einem langen Schweif und einer Mähne, die ihr fast bis zu den Knien reicht. Sie ist klein genug, um unter Max' Bauch durchzulaufen, aber immer noch größer als Tarzan. Sie hat freundliche Augen, dünne Beine und einen runden Körper.

Max und Bella lieben sich, obwohl sie so unterschiedlich sind. Sie ist das einzige

Pferd, mit dem er sein Futter teilen würde. Tante Dotty hatte Bella vor Jahren gerettet. Als sie eines Tages mit dem Zug in die Stadt gefahren war, hatte sie in einem Hinterhof ein ausgemergeltes Pony entdeckt, und das arme Ding hatte ihr Herz erobert. Dotty stieg an der nächsten Station aus, ging zu Bellas Besitzer und erklärte dem verblüfften Mann, dass sie sein wunderschönes Pony im Vorbeifahren gesehen hätte, und ob er es wohl verkaufen würde.

Als Milli noch kleiner war, ritt sie jeden Tag auf Bella, zuerst zusammen mit Dotty und Max, später in vollem Tempo allein. Die Bewohner von Currawong gewöhnten sich daran, galoppierende kleine Hufe zu hören und kurz darauf Milli und Bella in einem Wust von flatternder Mähne und losem Zaumzeug auftauchen zu sehen. Bella liebte Milli und warf sie nie ab, aber jeder andere, der versuchte, sie zu reiten, landete im Staub. Inzwischen ist Milli zu groß für das Pony – wenn sie sich streckt, kommt sie mit den Zehen auf den Boden, wenn sie auf Bella sitzt – und Dotty hofft, dass sie bald ein anderes kleines Mädchen findet, das sich mit Bella anfreundet.

An einem heißen Nachmittag

Milli und Sara kannten alle Pferde und Ponys in Currawong. Sie waren pferdeverrückt!

Im Sommer beendeten die beiden Freundinnen die Schulwoche immer mit einem Eis in der Milchbar. Sie lasen gerne die Anzeigen, die im Fenster hingen. Die Aushänge hier ersetzten die Zeitungsanzeigen für Currawong. Ob man nun Meerschweinchen zu verschenken hatte oder einen Computer verkaufen wollte, hier war man richtig.

An diesem Freitag war das Fenster voll mit Anzeigen.

»Vielleicht finden wir ja eine Anzeige ›*Schönes Pferd in gute Hände abzugeben*‹«, sagte Sara. »Das wär doch …«

»He, schau!«, unterbrach Milli sie. »Ein Zirkus kommt in zwei Wochen hierher. Circo's Circus.«

»Hier, das ist noch besser«, sagte Sara,

»die Feuerwehr veranstaltet wieder einen Talentwettbewerb. Erinnerst du dich an Walter Websters Schafe, die beim letzten Mal die ganze Bühne vollgekackt haben?«

»Was gibt es zu gewinnen?« Milli las die Anzeige vor: »Der Erste bekommt eine Videokamera, der Zweite eine Digitalkamera. Der dritte Preis sind 200 Fotoabzüge gratis.«

»Eine Videokamera wäre doch was für uns, oder nicht, Milli?«, sagte Sara. »Wir könnten sie auf unseren Ausritten in die Berge mitnehmen und die Wildpferde filmen. Komm, wir lassen uns was Tolles für den Talentwettbewerb einfallen.«

»Okay. Wir haben eine Woche Zeit, um herauszufinden, was wir besonders gut können.«

Die Pferdefreunde

Die meisten Pferde von Currawong wurden von ihren Besitzern versorgt, manche besser, manche schlechter. Sara kontrollierte das jeden Tag auf ihrem Weg zur Schule und zurück. Oft half Milli ihr dabei, anstatt mit dem Schulbus nach Hause auf die Peppermint Farm zu fahren.

Tricky gehörte Michael Milton, dem rechthaberischsten und angeberischsten Jungen der ganzen Schule. Michael und Tricky waren das beste Team des Ponyklubs. Bei den Geschicklichkeitsspielen

flitzten sie so schnell um die Fässer und Stangen herum, dass Trickys schwarzweißes Fell nur noch ein grauer Blitz zu sein schien. Wenn aber keine Wettbewerbe anstanden, ignorierte Michael Tricky völlig. Seine Mutter hatte es so satt, ihn dazu anzuhalten, sich um sein Pony zu kümmern, dass sie schnell zustimmte, als Sara und Milli sich als Pferdepflegerinnen anboten.

»Michael mag dich nicht einmal«, flüsterte Milli, als Tricky seinen Kopf an ihrem Rücken schrubbte. »Er benutzt dich nur wie ein Motorrad.«

Sara drehte den Wasserhahn auf, um den Wassertrog zu füllen. »Das beruht auf Gegenseitigkeit, Tricky mag Michael auch nicht. Er mag uns am liebsten, nicht wahr, Süßer?«

Ein anderes Pferd, nach dem sie jeden Tag schauten, war Bisquit, eine nervöse Fuchsstute, die Walter Webster, dem ört-

lichen Viehhändler gehörte. Sie streichelten sie regelmäßig ein bisschen und richteten ihr Fliegennetz. Dann gingen sie meist zu Saras Haus, denn es war zu heiß, um draußen zu bleiben. Saras kleine Hündin Smartie begrüßte sie dann dort, dabei hüpfte sie auf und ab wie ein Gummiball und brachte sie zum Lachen.

Milli liebte es, das leere Haus zu betreten. Saras Papa Bill war Polizist in Currawong und nachmittags nie zu Hause. Die Mädchen saßen auf der schattigen hinteren Veranda, tranken kalte Limonade und aßen Schokoladenkekse in Bärenform.

»Hey, Donna!« Sara rief nach der grauen

Stute ihres Vaters, die im Schatten eines großen Baumes döste. Donna zuckte mit einem Ohr, aber sie war zu faul, um sich zu bewegen.

Milli und Sara hatten ein gemeinsames Geheimnis, nur Millis Tante Dotty wusste noch davon. Donna war einmal ein Wildpferd gewesen, das in den Bergen gelebt hatte. Dann hatte sie mit Bills ehemaligem Pferd den Platz getauscht. Dotty hatte den Mädchen geholfen, sie als Po-

lizeipferd auszubilden. Donna liebte die Mädchen und die beiden ritten sie fast jeden Tag.

Als Bill nach Hause kam, erinnerte er Sara daran, dass sie ihre Kusinen in der Stadt besuchen wollte. »Milli, ich fahr dich nach Hause zur Peppermint Farm, während Sara ihre Sachen packt. Am Sonntag könnt ihr euch wieder treffen.«

Langeweile

Am Samstagmorgen versuchte Milli, sich etwas für den Talentwettbewerb auszudenken, während sie auf ihre Mutter wartete. Sie wollten Krebse fangen gehen,

am großen Staudamm. Aber Millis Mutter Winnie war Künstlerin, und wenn sie einmal mit einem Bild angefangen hatte, konnte sie nichts mehr bremsen, egal was sie versprochen hatte.

Am späten Nachmittag war das Bild noch lange nicht fertig. Milli hatte schon alles probiert: betteln, bitten, heulen, ja sogar einen kleinen Wutanfall, aber sie hätte auch mit dem Kühlschrank reden können.

Endlich gab sie auf und blätterte durch einige Kunst-Bildbände. Die Nachmittagssonne, die Geräusche aus dem Atelier und die Radiomusik machten sie schläfrig.

Doch schlagartig wurde sie wieder wach, als sie das Bild eines großen grauen Pferdes entdeckte. Auf seinem Rücken saß eine zarte Ballerina, ihr Kleidchen flatterte hoch. Der Zirkusdirektor in der Manege knallte mit der Peitsche. Das Bild hieß *»Kunstreiterin (im Zirkus Fernando)«*.

Die Idee

Als Sara am nächsten Tag zur Peppermint Farm kam, zeigte Milli ihr das Bild.

»Sieht das nicht toll aus? Wir könnten doch so was Ähnliches für den Talentwettbewerb machen. Ich weiß nur nicht, wie wir mehr darüber erfahren können.«

»Lass uns den Computer deines Vaters benutzen und im Internet nachschauen«, sagte Sara. »Gib mal ›Kunstreiten‹ ein, und dann schauen wir, was dabei herauskommt.«

Die Mädchen wurden im Internet tatsächlich fündig. Sie entdeckten Links mit Bildern von Leuten, die von einem Pferderücken zum anderen hüpften, die, auf zwei Pferden gleichzeitig stehend, galoppierten, die mit Pferden durchs Feuer sprangen, die die Todesschleppe vollführten – sie hingen mit dem Kopf nach unten zwischen den Hinterbeinen des Pferdes.

Sara liebte die Geschichten von »Pingpong« Hannford, der in früheren Zeiten dafür berühmt war, dass er einen Salto von einem Pferderücken zum nächsten, hinterherlaufenden Pferd machten konnte.

»Stell dir das vor.« Sie schaute fasziniert auf den Bildschirm. »Da steht, er war auch ein Clown. Er tat immer so, als ob er gleich vom Pferd fallen würde.«

Milli gefiel Rebecca Watts besonders

gut. Sie sahen Bilder von ihr, wie sie buchstäblich um ihr Pferd herumflog. In ihrem pailettenbesetzten Kostüm wirkte sie wie eine glitzernde Elfe.

»Das sieht so cool aus. Lass es uns ausprobieren«, sagte sie.

Der Heuschober war der ideale Übungsplatz. Die beiden Freundinnen zogen Heuballen aus dem großen Stapel heraus und taten so, als ob die Ballen Pferde wären. Milli war flink und geschickt, sie konnte sogar einen Salto machen. Sara war das genaue Gegenteil.

»Du bist ein GDS«, sagte Milli. »Ein Gefangener der Schwerkraft. Aber dein Gleichgewichtssinn ist prima. Als Team sind wir unschlagbar.«

Es dauerte nicht lange und Milli konnte einen Rückwärtssalto von einem Heuballen zum anderen machen. Sara stand bereit, sie aufzufangen. Beide hatten bald viele Kratzer, Prellungen und blaue Flecken von ihrem Einsatz.

»Das bringt das Kunstreiten so mit sich«, sagte Milli. »Rebecca brach sich 37 Knochen während ihrer Laufbahn als Kunstreiterin.«

»Du bist schon echt gut auf dem Boden«, sagte Sara, als sie eine kleine Pause einlegten. »Aber du brauchst etwas zum Üben, das sich bewegt. Wie wäre es mit Pedro?«

Millis Vater George war von einem Pferd gebissen worden, als er ein kleiner Junge war. Damals hatte er sich geschworen, dass es auf der Peppermint Farm keine Pferde geben würde, wenn sie ihm erst einmal gehörte. Rinder hingegen mochte er

gerne und Pedro, ein Herford-Bulle, war sein Liebling.

Pedro stand auf der Koppel neben dem Heuschober. Er war die Ruhe selbst und Sara konnte ihn mit einem Stück Seil anbinden.

Pedro zuckte nicht einmal, als Milli auf seinen Rücken sprang und sich aufrecht hinstellte. Mit ihren Zehen krallte sie sich in seinem lockigen Fell fest.

»Vielleicht ist es auf einem Stier einfacher als auf einem Pferd, Sara. Sein Rücken ist ganz flach.« Sie schwankte etwas, als Sara Pedro in Gang brachte, behielt aber die Balance. Pedro schwankte von einer Seite zur anderen, seine alten Hufe knarrten. »Okay, Sara, ich werde einen Salto versuchen.« Milli überschlug sich in der Luft.

Sara dachte schon, dass es gut gehen würde, aber dann buckelte Pedro plötzlich. Milli landete auf Sara und beide plumpsten in einen Heuhaufen.

»Ich glaube, wir brauchen ein Pferd«, sagte Milli.

Das perfekte Pony

Im Laufe der Zeit hatten die Mädchen alle Pferde und Ponys von Currawong geritten. Nun erstellten sie eine Liste, um herauszubekommen, welches Pferd sich am besten fürs Kunstreiten eignen würde.

Donna, das Pferd von Saras Papa, war ihr Lieblingspferd. Sie ritten sie immer zu

zweit, wenn Saras Vater sie nicht als Polizeipferd einsetzen musste. Fürs Kunstreiten war sie allerdings viel zu groß.

»Machen wir uns nichts vor«, sagte Sara, »wir werden verdammt oft runterfallen. Je weniger tief wir fallen, desto besser.«

Tarzan war zu übellaunig. Millis erstes Pony Bella war viel zu klein, Max, der mit ihr auf der Koppel stand, war entschieden zu groß. Das Rennpferd Prinz war zu nervös. »Und viel zu dünn«, sagte Sara. »Da tun dir ja die Füße weh, wenn du auf dem knochigen Rücken stehst.«

Die Stute Dajana Diamond, ein Dressurpferd, war etwas zu hoch und außerdem durften sie sie nur unter Aufsicht der Besitzerin Charlotte Hills-Trevor reiten.

Blondie, die Palominostute, war launisch und unberechenbar und der Appaloosa Tex war einfach zu hässlich.

Somit blieb nur Tricky übrig. Milli und Sara schauten sich an. Tricky wäre das perfekte Pferd zum Kunstreiten.

»Und was wird Michael dazu sagen?«,

fragte Sara. »Er könnte Nein sagen, nur um uns zu ärgern.«

Aber zu ihrer großen Überraschung

sagte Michael am Montag in der Schule Ja.

»Erklärt mir noch mal, was ihr vorhabt«, sagte er. Er kippte mit verschränkten Armen mit seinem Stuhl nach hinten.

Sara holte tief Luft. Manchmal war Michael so selbstgefällig, dass sie ihm am liebsten eins übergebraten hätte.

Milli erklärte noch einmal alles über den Talentwettbewerb und das Kunstreiten.

»Natürlich könnt ihr Tricky haben.« Michael grinste die Mädchen gönnerhaft an. »Aber ihr und mein doofes Pferd werdet keine Chance gegen mich haben. Ich werde den Talentwettbewerb genau wie letztes Jahr mit Geigespielen gewinnen.«

Üben, üben, üben

»Trickys Rücken ist fast so flach wie der von Pedro«, sagte Milli, als sie zu zweit auf ihm durch Currawong ritten. Sie suchten einen geeigneten, ebenen Sandplatz zum Üben.

»Mmmm.« Sara sah immer noch Michaels fieses Grinsen vor sich, mit dem er auf ihren Plan reagiert hatte. »Ich hoffe, Tricky wirft dich nicht ab.«

Aber Tricky war einfach perfekt. Mit Milli auf seinem Rücken trabte er in gleichmäßigem Rhythmus im Kreis herum und versuchte dabei, unebenen Stellen auszuweichen.

»Es sieht fast so aus, als ob er dir helfen will«, rief Sara von der Mitte des Kreises, wo sie stand.

»So fühlt es sich auch an.« Milli balancierte vorsichtig mit ausgestreckten Armen und lachte in die Abendsonne. »Er findet das richtig toll.«

Nach kurzer Zeit machte Sara Tricky von der Leine los und ließ das Pony frei laufen. Tricky lief weiterhin gleichmäßig im Kreis. Milli wagte sich an die ersten

Übungen heran. Sie beugte sich nach hinten, bis ihre Hände auf Trickys Rücken lagen, schwang sich aus dieser Position in einen Handstand und sprang dann mit einem Salto vom Pferderücken auf den Boden.

»Aber hoppla, du bist ja ein echtes Naturtalent!«, sagte Sara und half ihr vom Boden auf.

Jeden Nachmittag nach der Schule gingen sie mit Tricky zu ihrem Übungsplatz am Fluss und übten die Kunststücke. Dabei war Milli der Star, was sie sehr genoss.

Sonst war immer Sara die Bessere beim Reiten.

Milli lernte schnell, im Trabrhythmus des Ponys auf- und abzuspringen. Gleichzeitig schaffte sie es, einen Wasserball zu fangen, den ihr Sara zuwarf. Sie brachte Sara bei, ebenfalls aufzuspringen. Dann wagten sie sich an ein Kunststück, bei dem Milli auf Saras Schultern kletterte und dort mit ausgestreckten Armen stand, während das Pony immerfort im Kreis herum galoppierte.

Am Freitagnachmittag hatten sie genügend Kunststücke perfektioniert, um eine 10-minütige Vorstellung zu liefern. 10 Minuten war die maximal erlaubte Zeit für eine Vorführung beim Talentwettbewerb. Sie hatten schon die Teilnahmegebühr bezahlt und das entsprechende Formular ausgefüllt. Sie waren perfekt vorbereitet, der Samstagabend konnte kommen!

Sara saß auf einem Baumstamm und beobachtete Milli, die im Handstand auf Trickys Rücken im Kreis herum ritt. Das Abendlicht warf Schatten über die Lichtung, helle und dunkle Strei-

fen fielen auf Trickys Rücken. Smartie rannte hinterher, sie jaulte im Takt zu Trickys Trab.

Diesmal werden wir gewinnen, dachte Sara und konnte sich schon selbst als Zirkusdirektor kostümiert und Milli in ihrem weißen Ballettröckchen vorstellen. Vielleicht konnten sie auch Smartie in die Vorführung einbauen, herausgeputzt mit einer Halskrause ums Halsband.

Geplatzte Träume

Sara erwachte aus ihrem Tagtraum, als Michael sich neben sie auf den Baumstamm plumpsen ließ.

»Nicht schlecht. Echt beeindruckend.«

Sara traute ihren Ohren kaum. »Danke, Michael. Tricky ist ein tolles Pony.«

»Ja, wirklich schade, dass ihr euch für nichts so angestrengt habt.« Michael grinste sein fiesestes Grinsen, gähnte übertrieben und streckte seine Beine von sich. »So ein Pech, dass sie dieses Jahr keine Auftritte mit Tieren erlauben. Und es gibt keine Ausnahmen. Nach dem Problem mit den kackenden Schafen letztes Jahr hat die Hallenverwaltung das jetzt so festgelegt.«

»Aber wir können draußen auftreten«, stotterte Sara. »Unsere Anmeldegebühr haben sie schließlich auch genommen.«

»Nein«, sagte Michael. »Sie lassen euch nicht auftreten. Ich hab's gehört, als meine Mutter telefoniert hat.« Er stand auf und gähnte noch einmal. »Egal. Ich geh jetzt besser und übe Geige. Die dreht mir den Kragen rum, wenn ich nicht wieder gewinne.«

Als er durch den Schatten davonschlurfte, blickte Sara zu ihrer klugen Freundin hinüber, die leicht wie ein Vogel auf Tricky balancierte. Er hat es die ganze Zeit über gewusst, dachte sie. Der

Mistkerl wusste, dass man sie nicht auftreten lassen würde. Deshalb hatte er so fies gegrinst, als er ihnen erlaubte, mit Tricky zu üben.

»Milli«, rief sie. »Stopp! Ich muss dir was sagen.«

Es stimmte. Als die Mädchen den Feuerwehrchef Bobby Shelton fragten, musste er zugeben, dass Michael recht hatte. Er gab ihnen die Anmeldegebühr zurück. »Tut mir leid, ihr zwei, es ist wegen der Versicherung. Die verflixte Versicherung.«

Sara spürte Tränen in ihren Augen aufsteigen. Milli sah auch so aus, als ob sie gleich losheulen wollte. Sara legte ihren Arm um sie.

»Trotzdem vielen Dank, Mr Shelton«, murmelte sie. »Ich weiß, Sie können nichts dafür.«

Millis Mutter Winnie war jederzeit bereit, sich mit den Behörden anzulegen, wenn es um sinnlose Beschlüsse und Gesetze ging. Aber selbst sie sah keine Chance, diese offizielle Entscheidung anzufechten.

»Dann boykottieren wir den Talentwettbewerb«, schlug sie vor. »Wenn sie meine Mädels nicht auftreten lassen, gehe ich nicht hin.«

»Danke, Mami«, sagte Milli. »Aber ich will kein Spielverderber sein. Und schließlich war es letztes Jahr echt lustig, oder nicht, Sara? Und das trotz der Nervensäge Michael.«

»Ich habe eine Idee«, sagte Winnie. »Lasst uns morgen zum Talentwettbewerb gehen und am Sonntagabend ein Picknick unten am Fluss veranstalten. Dort könnt ihr dann nur für unsere Familien eine Sondervorstellung eurer Kunststücke geben.«

Mit einem Aufschrei sprang Milli in die Höhe. »Super Idee von dir! Das wäre so toll!«

Sara war gar nicht mehr traurig. »Los, Milli, kümmern wir uns um unsere Kostüme.« Solange sie ihre Kunststücke vor den Menschen aufführen konnten, die sie liebten und die ihnen am wichtigsten waren, war alles in Ordnung.

Superstars

Alle beim Talentwettbewerb Anwesenden hatten von Millis und Saras Enttäuschung gehört. Die Mädchen konnten gar nicht mehr zählen, wie viele Leute ihnen alles Gute wünschten.

»Man könnte glatt glauben, dass wir Helden oder so etwas sind«, flüsterte Sara Milli zu.

»Die machen das nur, weil wir gekommen sind«, sagte Milli. »Wären wir zu Hause geblieben, hätten sie uns für Heulsusen gehalten.«

Michaels Geigenspiel war perfekt, und eine Zeit lang sah es so aus, als ob er gewinnen würde.

»Es wäre ungerecht, wenn er zwei Videokameras hätte«, flüsterte Milli, und Sara spürte hässliche Eifersucht in sich aufsteigen.

Aber die letzte Aufführung des Abends lief allen anderen den Rang ab. Der schüchterne Metzger Mr Briggs und seine kleine Tochter Jasmin sangen »You are my sunshine«. Sie tanzten dazu und hiel-

ten Sonne, Wolken und Regen, aus Pappe ausgeschnitten, hoch.

Das war so zauberhaft, dass der Applaus fast fünf Minuten anhielt. Sie waren eindeutig die Sieger.

Zweite wurde die Familie Morning mit ihrer Version von »Do-Re-Mi« aus dem Musical »The Sound of Music«. Mrs Morning hatte Kostüme aus alten Vorhängen genäht und das Publikum beklatschte sowohl ihren Arbeitseifer als auch den schrecklichen Gesang ihrer Familie.

Michael wurde Dritter, womit er nicht zufrieden war. »Was hab ich davon, dass ich umsonst Fotos entwickeln lassen kann, wenn ich keine Kamera habe?« Milli hörte ihn noch meckern: »Mam, du wirst mir eine Kamera kaufen müssen.«

Der Zirkus kommt in die Stadt

Gewitterwolken zogen sich am Sonntag über Currawong zusammen, sodass das Picknick mitsamt der Reitvorführung auf das nächste Wochenende verschoben werden musste. Am Montag strahlte die Sonne wieder und die ganze Stadt sah aus wie frisch gewaschen.

Als Milli und Sara wie üblich auf ihrem Heimweg von der Schule nach den Pferden schauten, hörten sie lautes Hämmern,

das vom Sportplatz herüberschallte. Dort wurde gerade ein riesiges Zelt aufgestellt.

»Der Zirkus ist da! Ich habe ihn ganz vergessen!« Milli zog an Saras Arm und rannte los. »Komm, wir schauen uns dort um.«

Wohnwagen und Transporter standen am einen Ende des Sportplatzes, in dessen Mitte das große Zelt stand. Die Mädchen quetschten sich zwischen zwei Lieferwagen durch und starrten auf das lebhafte Treiben. Es war so viel los, dass niemand sie beachtete. Da waren Leute, die große Pflöcke fürs Zelt in den Boden schlugen,

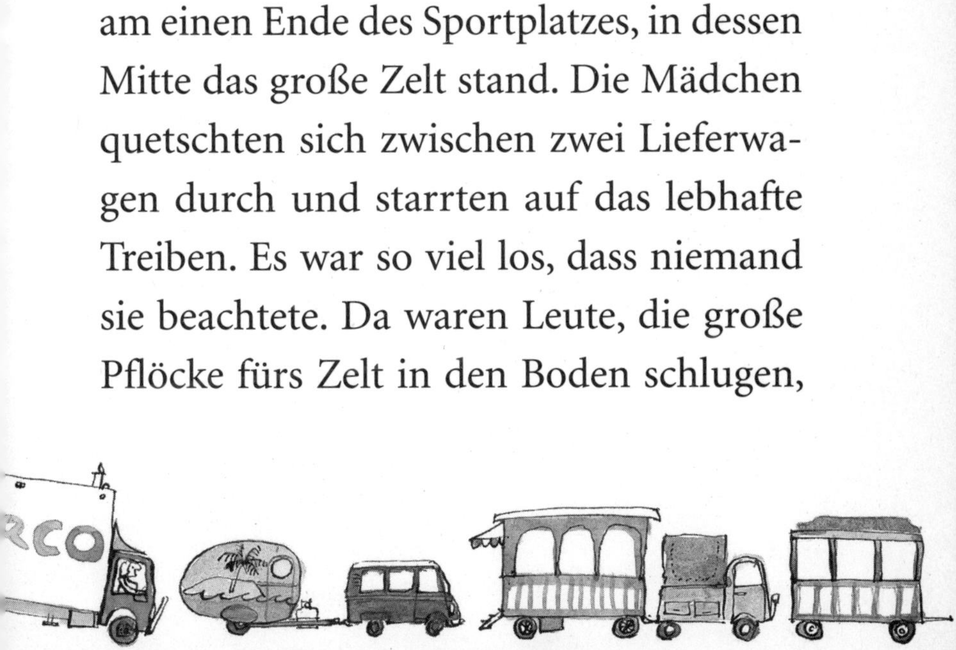

andere bauten Absperrzäune auf oder erweiterten die Wohnwagen mit Anbauten. Alle rannten umher.

Milli las laut die Werbung vor, die auf den Lieferwagen angebracht war: »*McDonalds schlaue Kühe; Die fliegenden Pfannen; Cisco, der Clown; Samson, das größte Pferd der Welt; Doktor Hund und seine Schwanzwedler; Bomberino, der Feuerfresser; Miguels Pferdeshow* und *La Bella Donna, die Kunstreiterin.*« Milli quietschte vor Begeisterung. »Das wird supertoll! Lass uns gleich nach den Pferden schauen.«

Zirkuspferde

»Kinder, was macht ihr da?« Ein dünner Mann mit einem schwarzen Cowboyhut stand plötzlich vor ihnen. »Ihr könnt hier nicht einfach so herumlaufen.«

Sara wehrte sich. »Hier darf jeder herumlaufen. Es ist unser Sportplatz.«

Der Mann lächelte und strich sich über seinen dünnen Schnurrbart. »Entschuldigung, die Damen.« Er zog ein gefaltetes Papier aus der hinteren Tasche seiner schmutzigen Jeans und wedelte damit in der Luft herum. »Diese Verfügung des Gemeinderats besagt, dass ausschließlich wir diesen Platz während der nächsten Woche benutzen dürfen. Circo's Circus, also ich, Mr Circo, hat das Recht, jede und jeden wegzuschicken.«

Er hielt Sara das Papier unter die Nase und machte eine ironische Verbeugung. »Und ich sage euch hiermit, dass ihr verschwinden sollt. Verduftet! Fort mit euch, meine Damen. Ihr könnt Freitagabend zur Vorstellung wiederkommen.«

Milli und Sara gingen Richtung Haupteingang, wobei sie manchmal rückwärts liefen, um so viel wie möglich zu sehen. Mr Circo ließ sie die ganze Zeit nicht aus den Augen.

»Er will sichergehen, dass wir nicht hinter einem Lastwagen abtauchen«, sagte Sara und winkte ihm zu. »Aber ich weiß, wie man hinter die Haupttribüne kommt. Wir können uns oben verstecken und alles beobachten.«

Die Mädchen saßen beide in der obersten Reihe der Haupttribüne. Die Aussicht war perfekt, sie konnten den ganzen Sportplatz mit allen Pferden sehen. Lastwagen und Wohnmobile standen darum herum, um ihn von der Straße abzuschirmen.

»Oh, dieses Pferd ist ja riesengroß.« Milli zeigte auf ein Pferd. »Verglichen mit dem, ist Max ja das reinste Pony. Das muss Samson sein.«

Sie beobachteten, wie eine zierliche Person ein schwarzes Pony auf den Sportplatz führte und es im Kreis herumlaufen ließ.

»Das muss Bella Donna sein.« Sara blinzelte, um das Gesicht des Mädchens zu sehen. »Sie kann kaum älter sein als wir.«

Das Pony lief nun gleichmäßige Runden. Das Mädchen machte den langen

CIRCO'S ZIRKUS
Fliegende PFANNEN
CIRCO
DOKTOR HUND
CIRCO
Old McDonald's
SCHLAUE KÜHE
CIRCO
SAMSON
SMITH
CIRCO
BOMBERINO
CIRCO
Bella Donna
KUNSTREITERIN

Zügel los, lief neben dem Pony her und schwang sich auf seinen Rücken.

»Schau mal, Milli, sie hat so einen Spezialsattel. Das macht das Ganze viel leichter. Da gibt es einen Handgriff auf dem Sattelknauf und Schlaufen für die Füße.«

Milli musste die Reiterin ununterbrochen anschauen. »Ich würde mich so gerne mit ihr unterhalten, aber die Zirkusleute machen keinen netten Eindruck.«

Das Zirkusmädchen

Am Dienstag nach Schulschluss gingen Milli und Sara wieder mit Tricky zum Fluss hinunter.

»Der Talentwettbewerb ist vorbei, ihr Verlierer.« Michael grinste höhnisch. »Warum übt ihr eigentlich immer noch?«

Die Mädchen ignorierten ihn einfach. Milli hatte Smartie beigebracht, vor Tricky herzulaufen und dabei dessen Zügel im Maul zu halten. Jetzt wollten sie ausprobieren, ob Tricky auch ohne Leine hinter Smartie herlaufen würde.

Sara legte eine alte Satteldecke mit Brustriemen auf Tricky, was die Angelegenheit für Milli sehr erleichterte. Sie versuchte die Todesschleppe. Sie lag mit dem Kopf nach hinten auf Trickys Rücken, als er plötzlich schnaubte und stoppte.

»Was ist…?« Milli setzte sich auf und ihr Herz machte einen Sprung. Auf der anderen Seite des Flüsschens stand das Zirkusmädchen mit seinem schwarzen Pony. Es ließ die Zügel hängen und das Pony schien nur auf ein Signal von ihm zu warten.

»Komm rüber«, rief Milli. »Das Wasser ist nicht tief.«

Das schwarze Pony suchte sich seinen Weg durch den Currawong-Fluss. Es schritt elegant wie ein Balletttänzer vor-

wärts und das Mädchen auf seinem Rücken hatte die Haltung einer Prinzessin.

Milli rutschte von Trickys Rücken und ging auf das Mädchen zu.

»Hallo, du musst Bella Donna sein. Ich bin Milli«, sagte sie.

Sara deutete mit dem Finger auf sich selbst. »Und ich bin Sara.«

Das hübsche Mädchen mit den dunklen Augen lächelte. »Um genau zu sein, ich bin Bella, Bella Salvador. Donna bin ich nur in der Vorstellung.« Sie glitt von ihrem Pony mit dem glänzenden Fell und klopfte seinen Hals. »Und das ist Jade. Und was macht ihr? Ihr seht auch wie Kunstreiterinnen aus.«

»Keine echten Kunstreiterinnen«, sagte Milli. »Wir lernen es gerade.«

Sie sprang zur Seite, als Tricky mit gespitzten Ohren auf Jade zustürzte und sich die beiden Ponys beschnüffelten.

Sara zog Tricky weg. »Tut mir leid, er hat ein fürchterlich schlechtes Benehmen. Er glaubt, er sei der Star.«

»Das könnte er auch gut sein«, sagte Bella. »Er ist wunderschön.«

Milli und Sara erzählten ihr von dem Talentwettbewerb und ihren geplatzten Träumen.

»Gestern haben wir deinen Spezialsattel gesehen und deshalb haben wir heute mit

einer alten Satteldecke von Sara rumprobiert«, erklärte Milli. »Bis jetzt hab ich es immer ganz ohne Sattel versucht.«

Bella strich mit der Hand über Trickys Rücken. »Ich könnte das nicht ohne Sattel. Aber ich kann dir einige meiner Kunststücke zeigen.«

Die nächsten zwei Stunden vergingen wie im Flug, als Bella ihnen ihr Können demonstrierte und ihnen einiges beibrachte. Als sie sich trennen mussten, lud Sara Bella für den nächsten Tag nach der Schule zu sich nach Hause ein.

»Wir treffen uns morgen hier um vier, okay?«

Noch mehr Zirkus

Am nächsten Tag war der Zirkus DAS Stadtgespräch.

»Die haben ja nicht mal Löwen oder Elefanten«, meckerte Michael Milton.

Milli und Sara erzählten niemand von ihrem Treffen mit Bella Donna, aber sie verteidigten den Zirkus energisch.

»Es ist grausam, wilde Tiere zu dressieren«, erklärte Milli ihren Mitschülern, »deshalb arbeiten sie mit Haustieren wie Kühen, Hunden und Pferden.«

Bella traf die beiden wie verabredet

nach der Schule, und die drei Mädchen sprachen stundenlang darüber, wie unterschiedlich ihr Leben verlief. Es stellte sich heraus, dass Bellas Familie auf einem Bauernhof lebte, wenn der Zirkus nicht unterwegs war.

»Oma und Opa kümmern sich um den Hof, wenn wir nicht da sind«, sagte Bella.

Bella hatte zwei sechsjährige Zwillingsbrüder, die als Baby-Pandabären im Zirkus auftraten. »Jeder hat eine Aufgabe zu erfüllen«, erklärte sie. »Selbst als ich noch ein Baby war, hat mein Papi mir einen Auftritt in der Vorstellung eingebaut. So läuft es in einem Zirkus.«

»Mein Papa hat mir aus seiner Kindheit erzählt, dass die Zirkuskinder damals in Currawong zur Schule gehen mussten, wenn der Zirkus hier war«, sagte Sara.

»Oh ja, das stimmt«, nickte Bella. »Mein Vater hasste es.« Sie massierte Smarties Bauch mit ihrem Fuß. »Das muss echt übel gewesen sein für unsere Eltern, immer die Schule zu wechseln. Heute haben wir unsere ›fahrende Schule‹ mit einem Lehrer und einem Schulwohnwagen. Außerdem bekommen wir Schulaufgaben übers Internet.«

Der Unfall

Als Bella am Donnerstag zum Fluss hinunterkam, hatte sie Jade den Kunstreitsattel aufgelegt, sodass sie Milli und Sara ihre tollsten Kunststücke zeigen konnte.

Jades glänzendes Fell schimmerte in der Sonne, als er mit schön durchgebogenem Hals im Kreis herumlief. Als Bella ihr Programm beendet hatte, klatschten Milli und Sara und johlten wie die Verrückten.

»Okay!« Bella sprang vom Pferd. »Du bist dran.«

Man konnte glatt den Eindruck bekommen, dass Tricky Jade beeindrucken wollte: Er machte keinen einzigen Fehler und Milli tanzte auf seinem Rücken wie eine Elfe. Bella konnte es kaum fassen, wie gut Milli ohne Sattel oder sonstige Hilfsmittel die Balance hielt.

Dann schwang sich Bella auf Tricky und er lief brav los. »Hoppla, das fühlt sich total anders an als auf Jade!«, rief sie und sprang in einer geschmeidigen Bewegung in den Stand. Genau in diesem Moment strauchelte Tricky an einer Stelle mit schwerem, nassem Sand und Bella flog in hohem Bogen durch die Luft. Es sah so elegant aus, dass Milli und Sara schon zu klatschen anfingen, aber Bellas Schmerzensschrei ließ sie sofort innehalten.

»Oh! Mein Fuß!« Bella lag weinend am Boden und hielt ihren Knöchel. »Ich glaube, er ist gebrochen!« Wimmernd krümmte sie sich vor Schmerzen zusammen.

»Lass mich mal sehen.« Sara streichelte Bellas Schulter.

»Ich muss auf irgendetwas Hartem gelandet sein. Tut mir leid. Normalerweise heule ich nicht gleich los. Wirklich nicht. Aber es tut so fürchterlich weh.«

Bellas Knöchel war schon ganz dick geschwollen.

»Da muss Eis drauf«, sagte Sara. »Ich lauf schnell zum Haus und hole welches.«

»Mama und Papa werden super sauer sein«, schniefte Bella, als Milli ein Päckchen mit tiefgefrorenen Erbsen an ihren Knöchel drückte. »Mein Auftritt ist immer der krönende Schluss der Vorstellung. Mr C. wird Paps vielleicht rausschmeißen, wenn ich nicht auftreten kann.«

»Ist Miguel dein Papa?«, fragte Sara, die von ihrem Sprint zum Haus immer noch außer Atem war.

»Ja, Miguels Pferdeshow«, antwortete Bella. »Aber letztes Jahr hat er sich am Rücken verletzt. Seitdem kann er nicht mehr reiten. Seit Monaten schon droht Mr C., dass er einen neuen Pferdedresseur einstellen wird. Wenn meine Zwillingsbrüder und ich nicht auftreten würden, hätte er es schon längst getan.«

»Ich hatte gleich den Eindruck, dass er eine fiese Ratte ist«, sagte Sara. »Lass mich deinen Knöchel bandagieren. Ich glaube nicht, dass er gebrochen ist. Wahrscheinlich ist er bloß ziemlich verstaucht.« Sara kannte sich gut in Erster Hilfe aus, sie hatte es von ihrem Papa gelernt.

»Und was mach ich jetzt?«, jammerte Bella. »Ich kann nicht einmal aufstehen. Ich glaube kaum, dass das bis morgen Abend besser wird.«

»Vielleicht kann dich Milli ja vertreten«, schlug Sara vor.

»Ja, das ist es!« Zum ersten Mal seit ihrem Sturz lächelte Bella wieder. »Milli, das ist überhaupt kein Problem für dich. Schau doch, wir haben fast die gleiche Größe und eine sehr ähnliche Figur. Mit meinem Kostüm und dem Make-up im Gesicht kann uns keiner auseinanderhalten.«

Milli war ganz zittrig vor Aufregung. Sie würde eine echte Kunstreiterin sein!

»Komm schon«, bettelte Bella, »bitte probier's doch wenigstens. Setz dich auf Jade, und schau, wie es läuft.«

Aber als Milli auf Jade saß, bewegte er sich keinen Millimeter. Er legte die Ohren so flach an, bis er wie eine schwarze Schlange aussah, und weigerte sich, auch nur einen Schritt zu machen.

Ob die Mädchen ihn drängten oder ihm schmeichelten, es machte keinen Unterschied. Selbst als Milli sich nach vorn lehnte und in ihrer speziellen Pferdesprache auf ihn einredete, rührte sich Jade

nicht. Er hatte sich für eine Reiterin entschieden und das war Bella.

»Du bist so gemein, Jade«, schrie Bella ihn an. Sie brach enttäuscht erneut in Tränen aus. »Ich hasse dich!«

»Ich hab das mal bei einem Pferd bei einem großen Rennen gesehen«, sagte Sara und versuchte, Bella zu beruhigen. »Das war im Fernsehen. Das Pferd blieb einfach auf dem Weg zu den Startboxen stehen und war durch nichts und niemanden dazu zu bewegen, auch nur einen Zentimeter weiterzulaufen. Du kannst ein Pferd zu nichts zwingen, was es nicht will.«

»Ich denke, das Pferd hat an dem Tag nicht viel zum Abendessen bekommen«, lachte Milli und fügte spaßeshalber hinzu: »Ich könnte die Vorführung ja auf Tricky machen. Wir müssen bloß seine Beine schwarz anmalen und ihm eine große Satteldecke auflegen, sodass seine weißen Flecken nicht zu sehen sind. Dann wird kaum jemand den Unterschied sehen.«

Bella stieß triumphierend beide Fäuste in die Luft. »Du bist genial, Milli«, rief sie aus. »Leg meinen Sattel auf Tricky, und ich zeig dir mein Programm.«

Milli war lange nicht so routiniert wie Bella, aber sie schaffte alle Kunststücke außer dem Programmpunkt zum Schluss. Da hätte sie einen Salto machen und danach auf Trickys Rücken landen müssen.

Dazu hätte Tricky genau zum richtigen Zeitpunkt

langsamer werden müssen, aber nachdem er gelernt hatte, in gleichmäßigem Tempo im Kreis herumzulaufen, hatte er keine Lust, langsamer zu werden. Milli landete jedes Mal auf dem Boden anstatt auf seinem Rücken.

»Dann muss es halt so gehen«, sagte Bella. »Die meisten Leute werden denken, dass es so sein soll.«

Milli und Sara halfen ihr auf Jades Rücken, dann schwangen sie sich auf Tricky.

»Und was ist mit deiner Mutter?«, fragte Milli. »Sie wird es merken, dass du nicht laufen kannst.«

Bella verlagerte ihr Gewicht im Sattel. »Heute Abend tue ich so, als hätte ich nur ein Bein.«

Sara lächelte. Das war genau der Blödsinn, den sie und Milli auch gemacht hätten. Ihr Vater hätte die Augen verdreht und gefragt: »Und was kommt als Nächstes?«

»Morgen frage ich Mami, ob ich meinen Tag im Bett nehmen darf. Wir dürfen in jedem Schulhalbjahr einmal schwänzen und im Bett bleiben.«

Das klang so, als ob Mrs Salvador eine echt coole Mutter wäre.

»Aber ich muss die Zwillinge einweihen. Sie lieben Geheimnisse. Ich sage ihnen, dass sie Jade um sechs Uhr zu Saras Haus bringen sollen. Ich verschwinde und mache mich unsichtbar, damit Mami denkt, dass ich mich für den Auftritt fertig mache. Ihr könnt Tricky gegen Jade austauschen und mit den Jungs zum Zirkus kommen.«

»Super Plan.« Sara lachte. »Ich stelle Jade zu Donna auf die Weide.«

Die drei Mädchen winkten noch mal, dann ritten sie nach Hause.

Geheimnisse

»Was hältst du davon?« Sara hielt ein dunkelrotes Tischtuch mit hellblauen Fransen hoch, auf dem in einer Ecke »Grüße aus Augusta« stand. »Das sollte die meis-

ten von Trickys weißen Flecken überdecken.

»Das ist cool«, sagte Milli. »Hilf mir, die restlichen Flecken zu schwärzen.«

Die Mädchen bürsteten Tricky bis er glänzte, dann flochten sie seine Mähne und seinen Schweif.

Dann malte Sara Millis Gesicht so an, wie Bella es vorgeschlagen hatte: weiß mit roten Bäckchen, wie eine Marionette.

Als Bellas Brüder durch den Garten zum Haus kamen, mussten die Mädchen lachen, weil sie sich so ähnlich sahen. Sie waren winzig, mit kurzem schwarzem Haar und großen braunen Augen.

»Sie sehen sogar ohne ihre Kostüme wie Pandas aus«, flüsterte Sara.

»Hallo, Jungs. Ich bin Sara und das ist

Milli. Sie wird für Bella heute Abend einspringen.«

Alphonso und Augustin nahmen die Sache sehr, sehr ernst. Einer der beiden gab Milli eine volle Plastiktüte und sagte: »Das ist ihr Kostüm. Sie sagte, du sollst unbedingt erst die Strumpfhosen anziehen, sonst funktioniert es nicht.«

»Wir müssen um Viertel nach sieben los, also beeilt euch bitte«, sagte der andere.

Sara legte erst das Tischtuch über Trickys Rücken, danach Bellas Kunstreitsattel.

»Du musst den Sattelgurt gut festziehen«, sagte Alphonso oder Augustin, »oder deine Freundin wird schneller unten liegen, als du dir vorstellen kannst.«

Im Zirkuszelt

Sara saß zwischen ihrem Vater und Millis Eltern und beobachtete die kleinen Jungs mit ihren Pandakostümen. Sie ärgerten den Clown und den Zirkusdirektor, schubsten sie von hinten und versteckten sich dann hinter Fässern und Bällen. Die Zuschauer brüllten vor Lachen.

»Wo ist Milli?«, fragte Winnie zum wiederholten Mal. »Es ist nicht ihre Art, das Wichtigste zu versäumen.«

»Sie hilft Bella. Das Mädchen vom Zirkus, das wir kennengelernt haben.« Sara

wurde immer rot, wenn sie flunkerte. Daher war sie froh, dass die Beleuchtung schwach war.

Sie beobachteten, wie die *Fliegenden Pfannen* durch die Luft über ihnen zischten, lachten Tränen über die schlauen Kühe und Hunde, quietschten vor Schreck angesichts des Feuerfressers Bomberino und betrachteten atemlos Samson, das größte Pferd der Welt.

Als sich Bellas Vater bewegte, konnte Sara sehen, dass er einen schmerzenden Rücken hatte. Trotzdem sah er sehr würdevoll aus.

Die Pferde ließen ihn nicht aus den Augen, gerade so, als ob sie alles besonders gut und richtig machen wollten. Saras Vater bemerkte es auch.

Er stupste Sara an: »Er ist ein echter Pferdeflüsterer. Schau mal, wie die Pferde ihn lieben.«

Sie klatschten, bis ihnen die Hände schmerzten, als zehn winzige Ponys Nase an Schweif unter dem riesigen Samson hindurchtrabten, der bei jedem Pony mit dem Kopf nickte.

»Besten Dank, verehrte Damen und Herren, liebe Mädchen und Jungs«, rief Mr Circo, als Miguel und seine Pferde das Zelt verließen. »Nun zu unserem krönenden Abschluss! La Bella Donna, unsere Kunstreiterin der absoluten Spitzenklasse!«

Der große Moment

Sara war ganz übel, als Tricky mit der tapferen Milli auf seinem Rücken in die Manege trabte. Er schaute ängstlich aus, als wenn er jeden Moment vor etwas scheuen würde. Was wäre, wenn er nicht mitmachen würde? Aber Milli lehnte sich nach vorn und flüsterte in sein Ohr. Sofort sah er schon wieder etwas mutiger aus.

Musik durchflutete das Zelt und Tricky lief seine Runden in der mit Sägemehl

bedeckten Manege. Zuerst saß Milli ganz ruhig mit ausgestreckten Armen da, das Publikum verstummte.

Sie wirkt völlig echt, dachte Sara.

Mr Circo schien auch nichts Ungewöhnliches bemerkt zu haben. Er stand alleine in der Mitte der Manege und beobachtete das Publikum.

Plötzlich sprang Milli auf die Füße, hüpfte von Trickys Rücken und wieder hinauf, stand auf den Händen, wirbelte herum, drehte sich und hing mit dem Kopf nach unten zwischen seinen Hinterbeinen. In ihrem glitzernden goldenen Kostüm flog sie so schnell dahin, dass man kaum glauben konnte, dass ein mensch-

liches Wesen sich so leicht und schnell bewegen konnte.

Tricky war einfach perfekt mit seinem schön durchgebogenen Hals und seinen überkreuzten, exakt gesetzten Schritten. Über ihm schwebte Milli wie eine goldene Elfe, die Bellas Kunststücke vollführte.

Als sie langsamer wurde, um zum Höhepunkt und Schluss zu kommen, dröhnte Mr Circo ins Mikrofon: »Und nun, sehr verrrehrte Damen und Herrrren, wird La Bella Donna einen Salto sprrringen und wiederrr auf dem Pferrrderrrücken landen.«

Die Musik wurde ruhiger und er senkte dramatisch die Stimme. »Ich möchte Sie, verrrehrte Damen und Herrrren, daran errrinnern, dass der Salto seine Zeit braucht, und in dieser Zeit bewegt sich das Pony vorwärts. Andere Rrreiter haben den Salto von einem Pferrrd zum anderen vollführt, andere Rrreiter sind mit einem Salto auf den Boden hinabgesprrrungen, aber keiner außer La Bella

Donna hat den Salto auf demselben Pferrrd vollführt. Es muss ein unglaublich großes Einverständnis zwischen Rrreiter und Pferrrd herrschen, um das zu bewerkstelligen. Sehr verrrehrte Damen und Herrrren, ich prrräsentiere Ihnen den unglaublichen Supersalto!«

Sara hielt den Atem an. Was würde Milli tun? Das Publikum erwartete, etwas zu sehen, das Milli nie zuvor geschafft hatte.

Milli lehnte sich wieder nach vorn, um in Trickys Ohr zu flüstern, und die Menschenmenge raunte. Es schien, als ob das Pony ihr zuhören würde. Aber als sie in die Luft sprang, war schnell klar, dass Tricky nicht langsam genug geworden war, um Milli eine saubere Landung auf seinem

Rücken zu ermöglichen. Sie landete ganz hinten auf seinem Rücken, rutschte und drehte sich. Dann hing sie mit dem Kopf zwischen seinen Hinterbeinen in der Todesschleppe.

Die Menge atmete auf und applaudierte, als sich Milli wieder auf das Pony hinaufzog. Fast sofort fiel sie zur Seite und Sara schrie wie alle anderen im Zelt auf.

Als Milli den Beinahe-Sturz in ein weiteres Kunststück verwandelte, war Sara klar, dass sie wie Pingpong Hannford den Clown spielte. Wenn sie den Supersalto nicht durchführen konnte, wollte sie das Publikum wenigstens zum Lachen bringen. Aber als Sara zu Mr Circo schaute, sah der alles andere als amüsiert aus.

Die Rettung

Sara drückte sich an Winnie vorbei, die wie hypnotisiert auf La Bella Donna starrte, sodass sie es nicht einmal bemerkte. Sie rannte aus dem Zelt. Pfeifend stand sie im Dunkeln. Immer wieder pfiff sie dieses lang gezogene Signal. Das Lachen und der Applaus aus dem Zelt sagten ihr, dass Milli immer noch ihre Clownsnummern zeigte.

Plötzlich löste sich eine weiße Figur aus dem Dunkeln. »Smartie!« Sie umarmte ihren Hund und bekam dafür im Gegen-

zug ein feuchtes Küsschen. »Meine kleine Schöne!«

Sara und Smartie krabbelten unter den Sitzen hindurch bis zur ersten Reihe. »Smartie, du musst Tricky bremsen. Hier, damit hübschen wir dich auf!« Sie zog das leuchtend hellgrüne Haarband aus ihrer Frisur und legte es Smartie um den Hals. »Nun siehst du wie ein Zirkushund aus.« Sie küsste Smartie auf die Nase, dann setzte sie sie auf den Boden. »Auf, Smartie. Du musst Tricky führen!«

Die Zuschauer lachten noch mehr, als der kleine Hund in die Manege sprang und stolz vor Tricky herrannte. Tricky wurde langsamer, um Smartie zu folgen. Mr Circo sah so aus, als würde er gleich explodieren.

Auch Milli sah Smartie und wusste sofort, dass das ihre einzige Chance war. Sie nahm ihre ganze Kraft zusammen, sprang in die Höhe und drehte sich im Salto rückwärts, um exakt auf Trickys Rücken zu landen!

Das Publikum war nicht mehr zu halten

vor Begeisterung. Milli hatte den Supersalto gesprungen. Sie stand in ihrem golden glitzernden Kostüm aufrecht auf Trickys Rücken, die Arme hoch erhoben, als Tricky durch die Manege galoppierte. Der Applaus nahm gar kein Ende.

Ertappt!

Als Sara in das Ankleidezelt stürzte, konnte sie in dem grellen, blendenden Licht nur Milli, Bella und Tricky sehen. »Du hast's geschafft!«, schrie sie. »Du warst großartig! Niemand hat den Unterschied bemerkt.«

»Ich hab's bemerkt.« Plötzlich sah Sara, dass Bellas Eltern da waren. Mrs Salvador war schmal und dunkelhaarig wie Bella. »Ich wusste sofort, dass das nicht meine Tochter war«, sagte sie.

»Und ich wusste, dass es *meine* Tochter war«, sagte eine Stimme hinter ihnen. Winnie drückte sich an Sara vorbei. Millis Papa und Bill Cooper folgten ihr. »Ich denke, ihr solltet uns mal erklären, was hier gespielt wurde.«

Das taten die Mädchen und danach wurde erst einmal gefeiert. Die Erwachsenen waren insgeheim stolz auf ihre klugen Kinder.

Mr Circo wusste nicht, ob er Bella vor Ärger oder vor Begeisterung anschreien

sollte. »Und was hättest du gemacht, wenn deine Freundin nicht ein solches Naturtalent wäre?«, fragte er Bella.

»Was dann?« Er strich über seinen Bart, seufzte laut und verdrehte die Augen. »Du darfst nie wieder auf fremden Ponys reiten. Du bist zu wichtig für die Vorstellung, hast du das verstanden?«

Er zerzauste Bellas Haare und umarmte Mrs Salvador. »Aber vielleicht sollten wir Millis Clownereien mit in die Vorstellung einbauen, was meinst du, Miguel?«, fragte er Bellas Vater.

Der krönende Abschluss

Am Samstag fand ein Picknick am Fluss statt, dort, wo Sara und Milli immer geübt hatten. Tante Dotty kam, ebenso Janice und Bob vom Zeitungsladen und Charlotte Hills-Trevor. Bellas Eltern und ihre kleinen Brüder und Mr Circo und einige der Zirkusfamilien waren auch da.

Tricky war wieder schwarz-weiß. Smartie rannte vor Tricky her. Sie trug eine lila Schleife und sah sehr wichtig aus.

Milli und Sara begannen ihre Vorstellung mit einfachen Kunststücken. Der

Applaus steigerte sich von Mal zu Mal. Als Milli zum Schluss auf Saras Schultern stand und mit einem Doppelsalto rückwärts zu Boden sprang, waren alle außer sich vor Begeisterung. Sogar Mr Circo war beeindruckt.

Als die Sonne langsam unterging und der Himmel sich von Pink zu Lila verfärbte, saßen die Familien auf ihren Decken im Sand und schlemmten gemeinsam. Saras Papa und Miguel unterhielten sich, während sie Grillwürstchen aßen. Sie stellten fest, dass sie vor 30 Jahren gemeinsam in der Schule gewesen waren.

»Ich hab dich nie vergessen«, sagte Miguel. »Du hast mir bei den Rechenaufgaben geholfen.«

Am nächsten Tag verließ der Zirkus den

Ort. Milli und Sara saßen gemeinsam auf Tricky und ritten bis zur Stadtgrenze neben Bellas Wohnwagen her.

»Sie wird immer unsere Freundin sein«, sagte Milli, als der Wohnwagenzug am Ende der Straße aus ihrem Blickfeld verschwand. »Was meinst du?«

»Ganz bestimmt«, sagte Sara und trieb Tricky an. »Wir sind das Tricky-Trio. Die Mädchen, die eine ganze Stadt ausgetrickst haben.«

Die Mädchen brachten Tricky auf seine Koppel und belohnten ihn mit Karotten für seine tolle Mitarbeit. Michael Milton kam gerade auf seinem neuen Mountainbike angesaust. Er legte schleudernd eine Vollbremsung hin.

»Wart ihr im Zirkus?« Er verlagerte sein Gewicht nach hinten und ließ das Vorderrad durchdrehen. »Diese Bella Donna auf Jade war einfach großartig. Viel, viel besser als ihr und mein blödes Pferd.«

Milli und Sara mussten so lachen, dass sie sich am Boden kugelten.

Tricky rannte auf der Koppel umher, er buckelte und pupste. Smartie rannte bellend hinter ihm her.

»Und was ist daran so lustig?«, fragte Michael.

Alison Lester verbrachte ihre Kindheit auf einer Farm mit vielen Pferden und Kühen und Hunden und Katzen. Als Baby saß sie im Arm ihres Vaters das erste Mal auf einem Pferd, und sie schrie, als er mit ihr absteigen wollte. Die Pferde und Ponys in den Milli-und-Sara-Büchern gleichen den Pferden, die Alison irgendwann einmal geritten hat. Sie lebt immer noch auf dem Land und reitet ihr Pferd Wollyfoot, wann immer sie Zeit hat.

Roland Harvey ist nicht auf einer Farm aufgewachsen, letzte Woche saß er zum ersten Mal auf einem Pferd. Er hat festgestellt, dass Pferde aus einer gewissen Entfernung leichter zu zeichnen sind, denn sobald sie merken, was man vorhat, stellen sie sich absichtlich komisch hin. Roland würde in einem späteren Leben gerne ein Pferd sein, allerdings müsste es ein großes sein. Er lebt in der Stadt, verbringt aber so viel Zeit wie möglich in der Natur.

112 Seiten ISBN 978-3-570-13288-3

112 Seiten ISBN 978-3-570-13289-0

112 Seiten ISBN 978-3-570-13617-1

112 Seiten ISBN 978-3-570-13618-8

10052/6